die stunde mit dir selbst

Reiner Kunze

© S. Fischer Verlag GmbH, Frankfurt am Main, 2018

Korean Translation Copyright © Spring Day's Book 2019

The Korean edition was published by arrangement with S. Fischer Verlag GmbH, Frankfurt am Main, through Greenbook Literary Agency, Seoul.

나와 마주하는 시간

봄날의책 세계시인선

라이너 쿤체 지음 전영애·박세인 옮김

봄날의책

일러두기
　　한 편의 시가 다음 면으로 이어질 때 연이 나뉘면 여섯 번째 행에서,
　　연이 나뉘지 않으면 첫 번째 행에서 시작한다.

차례

I

그리고 이 제비, 종소리에 앞서 날아오며
종소리에 따라 잡히지 않는구나!
— 페데리고 토치

VERSTREUTES KALENDERBLATT
Mittsommer

Heute ist des jahres längster tag
Das licht kam ohne glockenschlag
und hob dem schläfer sanft das lid

Möge ihn beglücken, was er sieht,
damit der tag in seiner seele wurzeln schlägt
und er ihn für die dunklen zeiten in sich trägt

흩어진 달력종이

한여름

오늘은 일 년 중 낮이 제일 긴 날
종도 안 쳤는데 빛은 와
잠자는 사람의 눈꺼풀을 들어올렸다

그 눈에 들어오는 것, 그를 행복하게 해주기를,
이 날이 그 영혼 속에 뿌리내리도록
이 날을 어두운 시간들을 위해 품고 있도록

AUGUSTMETAPHER

Am horizont
des neuen gluttags zeichen:
der weiße morgen
mit der roten sonnenscheibe auf der stirn —
ein tancho-koi
aus den himmlischen teichen

8월 은유

지평선에는
또 하루 이글거리는 날의 표지
붉은 태양원반을 이마에 찍은
흰빛 아침은—
한 마리 단학(丹鶴) 비단 잉어
천상의 연못들에서 왔구나

WEISSER WOLKENLOSER HIMMEL

Selbst der himmel scheint zu erblassen
vor der gnadenlosigkeit der sonne

Der fluß, gestriemt vom föhn,
bleckt die zähne

An die dornenlose weißdornhecke klammern sich
eidechsen, als ob mit ihren schmalen leibern sie
ihr schatten spenden wollten

구름 없는 흰 하늘

하늘조차 탈색되는 듯하다
태양의 무자비에

강물, 열풍(熱風)의 테에 옥죄여
이빨을 드러내고 있다

가시도 없는 '흰 가시나무'* 울타리를 그러쥐고
도룡뇽들이 매달려 있다, 그 가느다란 몸으로나마
나무에 그늘을 베풀려는 듯

* Weißdorn. 산사나무. 그늘 될 것이라고는 가시조차 없는, 잎이 다 마른
  타는 여름날의 나무의 모습이어서 나무 이름을 직역했다.

NACHZÜGLER

Wenn ein zugvogelscharm, von
                              süden kommend,
die Donau überquert, warte ich
auf den nachzügler

Ich weiß, wie das ist,
nicht mithalten zu können

Ich weiß es von klein auf

Fliegt der vogel über mich hinweg,
drücke ich ihm die daumen

뒤처진 새

철새 떼가, 남쪽에서
                    날아오며
도나우강을 건널 때면, 나는 기다린다
뒤처진 새를

그게 어떤 건지, 내가 안다
남들과 발 맞출 수 없다는 것

어릴 적부터 내가 안다

뒤처진 새가 머리 위로 날아 떠나면
나는 그에게 내 힘을 보낸다

HUNDSZEIT

Als sei der hoffart ihr zuviel, versengt die sonne
die sonnen des hortensienhimmels

Vertrocknet ist entlang dem leeren weidehang
der weiße schaum des pferdekümmels,
und die abdrücke der hufe härteten längst aus

Vergebens hofft am haus
das grün der regentonne

혹서 (酷暑)

보아 하니 그 자만이 과하다는 듯, 태양이 그을린다
수국꽃 하늘의 촘촘한 별들을*

말라버렸다, 빈 버드나무 기슭을 따라
늘어섰던 말회향풀**의 흰 거품,
찍힌 말굽의 자국들은 오래전에 굳었다

부질없는 희망을 품고, 처마 밑
빗물받이 물탱크의 초록빛

 * 수국은 수많은 작은 흰색·분홍색·푸른색 꽃들이 둥그렇게 모여
   화사하게 피는 산형화서(散形花序)의 꽃.
** Pferdekümmel. 작은 흰꽃이 모여 다발다발로 피는 들꽃.
   우리말 이름은 궁궁이 혹은 천궁. 독일어로도 이름이 다양한데 말발굽의
   이미지와 연결된 시구에서 나오므로 직역했다.

MENETEKEL

Im juli
warfen die bäume die blätter ab
Wir wateten in grünem laub
und traten den sommer mit füßen

Im november
trieb die eberesche zarte grüne spitzen
in den frost

종말의 징후*

칠월인데
나무들이 잎을 떨구었다
수북한 초록 잎들을 철벅철벅 헤치며
우리는 여름을 밟았다

십일월에
까치밥나무**가 연초록 순을 틔웠다
서리 속으로

---

* Menatekel. 닥쳐오는 몰락의 비밀스러운 경고. 바빌론 왕 벨사차르의
  일화에서 비롯한다(「다니엘」 5:25).
** Eberesche. 우리나라의 산사나무와 비슷한 나무. 다발을 이룬
   빨간 열매가 겨우내 달려 있어 매우 눈길을 끄는, 겨울이라는 계절을
   유난히 잘 드러내는 나무이다.

PASSAU NICHT GEHEUER

Unruhig schläft im gemäuer
das wasser

Zurückgelassen von der flüsse vorjahrsflut,
schwitzt es in den putz der hausfassaden
salpeterränder

Der himmel, der vom wettersatellitenbild
in die altstadtstuben quillt,
ist mit wolken überladen

Männer baun entlang den fenstersimsen
stege mit geländer

심상찮은 파사우

제방에 갇혀 불안하게 잠자고 있다,
물은

작년의 홍수*가 못다 흘러
물이 아직도 진땀을 흘리고 있다, 집들의 전면
초석(硝石)에다 소금기 무늬를 그리며

하늘은, 기상위성 전송으로
구도시 방 안으로 펑펑 쏟아져 드는데
구름이 과적되어 있다.

남자들은 문틀 높이로
난간 달아 발판을 설치하고 있다

* 독일 파사우(Passau)시는 세 강물이 만나는 곳으로 홍수도 잦다.
  몇 년 전의 대홍수는 특히 피해가 컸다. 아직도 집들에 남아 있는 침수의
  흔적과 뉴스에 촉각을 세우며 위급 시에는 탈출하려고 창문 높이로
  비상 탈출로를 만드는 사람들이 시에 그려진다.

JAHRHUNDERTSCHNEEFALL

Obwohl noch auf der erde
Schaufeln wir uns durch den himmel

Wir wissen schon nicht mehr, wohin mit ihm,
und steigen dennoch mit der schaufel
auf den dächern ihm entgegen

Von oben überschlägt der blick,
was nicht wiederaufstehen wird

세기의 강설(降雪)

아직은 지상(地上)에서 우리가
삽질로 우리를 위한 하늘을 트고는 있지만

잘 모르겠다, 이 하늘을 어디다 둬야 할지
그럼에도 삽 들고 쌓인 눈 치우러 올라간다
지붕으로, 하늘을 향해

위에서 내려다보는 눈길은 넘겨본다
다시 부활하지 않을 것쯤은

ARGUMENT FÜR EIN EWIGES LEBEN

In der wallfahrtskirche zu Brunnenthal
hält der heilige Nepomuk
das kreuz mit dem gekreuzigten,
als halte in den händen er,
vertieft im spiel,
die gitarre

Vielleicht war der skulpturenschnitzer
frohgemut, denn die gewißheit führte ihm die hand,
auferweckt zu werden von den toten

영원한 삶이 있다는 강변

영생이 있다는,
부활이 있다는 강변들 — 얼마나 끔찍한 생각인가
— 조지 스테이너

'샘물골'의 순례 성당 안에서
성(聖) 네포무크*가 받들고 있는
십자가형(刑) 당하신 분이 새겨진 십자가,
마치 연주에 몰입해서
두 손으로 받쳐든
기타 같구나

이 조각을 깎은 이, 아마
즐거웠으리, 확신이 그 손을 이끌었을 테니
죽은 자들 가운데서 깨워지리라는 확신

* Nepomuk. 체코의 수호성인. 왕비에 대한 고해성사의 내용을 밝히라는
  벤체슬라스 4세 왕의 명령을 거부해서 블타바 강에 던져졌다.

DIE ORGEL ZU ROTTENBURG

Die schwingen schräg nach vorn gestellt,
setzt sie auf
auf dem nest

Im flügelwind
stieben den tönen entgegen
die farben

Vergoldet
halm und psalm

로텐부르크의 파이프오르간

양 날개를 비스듬히 앞으로 펼치고
오르간이 자리잡았네
둥지 위에

날개바람 속에 흩날리는
음음(音音)을 맞는
흩날리는 색색(色色)

금(金)을 입는다
풀줄기와 찬미가

II

나 오네, 어디에선지는 몰라
나 있는데 누군지는 몰라
나 사네, 얼마나 오래인지는 몰라
나 죽는데 언젠지는 몰라
나 가네, 어디로인지는 몰라
이상도 하지, 나 이리 즐거운 것.
— 중세의 방랑 도제

나 삶에 지친 건 아니지만 이젠 족하네,
내가 끊은 표 값으로는 충분히 보았네.
— 라인홀트 슈나이더

HELSINKI,
IM MORGENDÄMMER ENTSCHWINDEND

Vom mastenhohen schiff legt ab
die stadt, der kai beginnt
zu schwanken

Auf dem esplanadendeck
möwenumwölkt,
Finnlands tote dichter

헬싱키,
여명에 사라지며

돛대 높은 배로부터 출항하고 있다,
도시가, 부두가
출렁이기 시작한다

부두 산책길은 갑판
그 위에서 갈매기 떼 구름에 에워싸였네
죽은 핀란드 시인들

BEGRÄBNIS IN PORTO MIT HAFENBLICK

An abgeschabten seilen, die sich bedenklich
Aufdrehten, ließen vier männer
handbreit um handbreit den sarg hinab

Die trossen straff gespannt,
manövrierten vier schlepper
einen übergroßen tanker an den kai

Hoch über den hinterhöfen
zeigte die stadt
an den wäscheleinen flagge

항구가 내다보이는 포르투*에서의 장례

닳아 해진 밧줄, 위태롭게
감겨 있고, 남자 넷이
내렸다 한 뼘 한 뼘씩 관을

삼 동아줄을 팽팽히 쳐놓고
기동연습하듯 끌었다, 예인선 넷이
너무나도 큰 유조선 한 척을 부두로

뒷마당들에선 높이
도시가 들어 보이고 있었다
빨랫줄에 매단 깃발들을

* Porto. '항구'라는 뜻인 포르투갈의 해안도시. 포르투갈의
  옛 해양 전진기지였다.

UKRAINISCHE NACHT

Der Karpatenrücken ...
lädt dich ein
dich zu tragen
Rose Ausländer

Das land,
       verstümmelt,
             veruntreut,
                    verraten,
hob mich auf den rücken der Karpaten,
und im wachtraum hörte ich
                die dichterin die mutter fragen,
was diese gern geworden wäre, und die mutter sagen:
eine nachtigall

Da begannen alle nachtigallen
In den hainen, die ich in mir trugen, zu schlagen,
und ich hörte schüsse fallen
und den namen widerhallen:
Maidan, Maidan

우크라이나의 밤

카르파텐 산맥의 등이
너를 부른다
업어 주겠다며
— 로제 아우스랜더*

토막토막 난,
      배신 당한,
           배반 당한,
                땅이,
나를 들어올려 카르파텐 산맥 등에 태웠다
하여 백일몽 속에서 들렸다
                    시인이 어머니에게 묻는 소리
무엇이 되시고 싶냐고. 또 어머니가 대답하는 소리
나이팅게일

그러자 내가 품고 다녔던 숲 속
모든 나이팅게일들이 일제히 지저귀기 시작했고
쏟아지는 총격 소리가 들렸고
이름의 메아리가 울렸다
마이단, 마이단**

Und in des namens klang
klang der name an
des dichters, dessen wort wir in uns tragen:
Der Tod ist ein Meister aus Deutschland

Doch weiß man hier, der tod kam nicht
aus Deutschland nur, er kam
mit zweierlei gesicht,
und riesig ist das land, wo man
ihm blumen steckt und ruhmeskränze flicht

그리고 그 이름의 울림 속에
울리기 시작했다, 시인의
이름이, 그 말을 우리가 품고 다니는 시인
죽음은 독일에서 온 명인***

하지만 여기서 사람들은 안다, 죽음은 독일에서만
오지 않았다는 것, 죽음은 왔다
두 얼굴로
그리고 땅은 거대했다, 그곳은
죽음에 꽃 꽂아주고 영광의 화환을 엮어주는 곳

* Rose Ausländer(1901~1988). 파울 첼란과 마찬가지로 체르노비츠
  출신이며 독일어와 영어로 시를 쓴 유대인 시인. 어머니는 수용소에서
  죽었다.
** Maidan. 우크라이나의 수도 키예프의 광장 이름. 2013년 11월
  이 광장에서 친소련 분파주의자들에 맞서 우크라이나의 유럽 연대와
  민주주의를 외친 시위가 장기적으로 열려 대통령이 물러나야 했으며,
  그때부터 마이단은 시위 자체의 이름이 되기도 했다.
*** *Der Tod ist Meister aus Deutschland*. '아우슈비츠'가 담겨 있는
  파울 첼란의 시 「죽음의 푸가」의 핵심 구절.

EPITAPH FÜR DIE JUNGE DICHTERIN
SELMA MEERBAUM-EISINGER

15. 8. 1924 Czernowitz
16. 12. 1942 Arbeitslager Michajlovka

Dem tod war es gegeben,
sie zu holen aus dem leben,
doch nicht
aus dem gedicht

젊은 젤마 메어바움-아이징어
시인을 위한 묘비명

생: 1924년 8월 15일 체르노비츠*
몰: 1942년 12월 16일 노동수용소 미하일로브카

죽음에게 맡겨졌던 소임,
그녀를 삶에서 데리고 나오는 것,
하지만
그녀를 데리고 나오지 못했다
시(詩)에서는

* Cernowitz. 현재 루마니아와 우크라이나 국경지역인 부코비나(Bukowina)
지방의 주도(州都). 부코비나는 오랫동안 동구 유대인들이 살아온
유서 깊은 곳으로, 옛 합스부르크가의 왕령이어서 독일어가 사용되었으며
파울 첼란, 로제 아우스랜더, 젤마 메어바움-아이징어 등 많은
뛰어난 독일어권 시인들의 고향이다. 그런데 일차대전 이후 혹독한
근세사에 휘말려, 현재는 북쪽은 우크라이나이고, 남쪽은 루마니아이다.
체르노비츠 시(市)는 우크라이나 소속이다.

PAUL-CELAN-GEDENKTAFEL

(ehem. Wassilko-Gasse, Czernowitz)

Das aufgeschlagene buch —
ein flügelpaar im flug,
eine welle vom spiegel der Seine,
als das leben er nicht mehr ertrug

Das aufgeschlagene buch im flug
über, o über dem dorn
Der stein hat zu blühen sich nicht bequemt,
die welle glättet den zorn

파울 첼란 기념비
(예전의 체르노비츠 바실코 길)

펼쳐 놓인 책 —
비상(飛翔) 중인 날개 한 쌍,
그가 삶을 더는 감당하지 못했을 때
세느 강* 수면에 일었던 물결 하나

비상(飛翔) 중인 펼쳐 놓인 책
가시 너머, 오, 그 너머로**
돌은 아직 꽃피려 하지 않는다,
물결이, 분노의 주름을 펴고 있다

  * 파울 첼란(Paul Celan, 1920~1970) 시인은 1970년 세느 강에
   투신하였다.
** 파울 첼란의 시 「그 누구도 아닌 이의 장미」의 한 구절.
   신을 '그 누구도 아닌 이'로 부르면서도 어렵사리 다시 더듬더듬 신을
   찾는—그 모든 것("가시") 너머에서 다시 위엄의 말을 찾는—모색이
   두드러진 같은 제목의 시집에 수록된 대표시이다.
   가시 같은 역사의 너머에도 아직 있을, / 아우슈비츠 이후에도 유효한
   어떤 권위의 말을 찾았고("가시 너머, 오, 그 너머에 / 자색(紫色)
   말…") 그런 문맥에서 같은 시집에서는 '돌이 꽃피려 한다'는 구절도
   나온다.

ČERNIVCI

Gestufte Stadt im grünen Reifrock
Rose Ausländer

Nur im fernblick vom jüdischen friedhof aus
ähnelt die stadt
der erinnerung noch ihrer dichter

Heerscharen der menschenhybris
töteten in ihr
und schlugen lücken ins gedächtnis

Die friedhofshalle rottet vor sich hin
Die grabsteine stehen geneigt,
versteinert ist ihr fallen

체르니브치*

초록색 크리놀린 스커트**를 입은
충충 도시
— 로제 아우스랜더

그저 멀리서, 유대인 묘지에서부터 보면
도시는 아직도 닮아있다
그 도시의 시인들의 기억과

인간의 오만,*** 그 보병의 떼거리가
저 도시 안에서 살인을 저질렀고
기억에마저 균열을 냈다

묘실은 저 혼자 곰팡이 슬고
묘석들은 기울어 서있다
그 스러짐이 돌 되었다

   * Černivci. 체르노비츠의 현지 발음. 독일어 발음의 관행을 벗어나 일부러
    지금의 현지 발음을 썼다.
  ** Reifrock. 18세기에 유행한, 충층으로 둥그렇게 부풀린 치마.
*** Hybris. 신들의 징벌이 따르는, 한계를 넘는 인간의 오만.

ÜBERSETZERPRIVILEG

Für Petro Rychlo

Das gedicht — ein hirnstoßdämpfer,
der die erschütterungen abfängt
auf dem kopfsteinpflaster der zeit
und der Czernowitzer altstadt

Wer in vieler sprachen poesie zu hause ist,
findet am grund der verzweiflung ein wort,
das lächelt

번역자의 특권

페트로 뤼클로*를 위하여

시(詩) — 하나의 두뇌충격완충물,
충격들을 흡수해준다,
시간의 또 체르노비츠 구도시의
울퉁불퉁한 포석 위에서

여러 언어의 시(詩)가 제집같이 편안한 사람
절망의 바닥에서도 찾아낸다, 한 마디
미소 짓는 말

* Petro Rychlo. 우크라이나 시인이자 교수. 라이너 쿤체의 시를
  많이 번역했다.

REVOLUTIONSGEDICHT

Das in den Landesfarben angestrichene Klavier
stand zwischen den Fronten ...
K. B., Kiew, Winter 2013/14

Ein blauer himmel über einem weizenfeld — so stand
bei minus zwanzig grad am straßenrand
das klavier

Und die einen spielten
die hymne und Chopin,
und die andren zielten
auf die hymne und Chopin

혁명 시

국기(國旗) 빛깔로 색칠된 피아노가
놓여 있었다, 두 전선(戰線) 사이에 …
— K. B., 키예프 2013년에서 2014년에 걸친 겨울

한 밀밭 위에는 푸른 한 하늘 — 그렇게 놓여 있었다
영하 20도의 길가에
그 피아노

어떤 사람들은 연주했다
애국가와 쇼팽을,
다른 사람들은 조준했다
애국가와 쇼팽을

DIEBESLIED

Seit der Okkupation der Krim ...
findet nicht nur eine Verkehrung
der Tatsachen statt, sondern eine
Infragestellung der Tatsachen
selbst ... Die freche Lüge traut
sich auf die amtliche Pressekonferenz.
Karl Schlögel

Zeig dem land, das dich betört,

das dir aber nicht gehört,

deine fürsorgliche liebe,

schenk ihm eine nacht der diebe,

die es stehlen ohne skrupel,

und verkünde dann mit jubel,

was dir pflicht war heimzuholen,

kann nicht gelten als gestohlen.

도둑 노래

크림 반도가 점령당하고부터…
벌어지는 건 사실
왜곡만이 아니다 사실 자체의
의문시 … 뻔뻔한 거짓말이
거침없었다, 공식 기자회견에서.
― 카알 슐뢰겔

너를 유혹하지만
네 것은 아닌 땅에게 보여주라,
배려 가득한 네 사랑을
그 땅에게 도둑들의 하룻밤을 선물하라,
인정사정없이 훔치는 자들의 하룻밤을
그리고 환호로써 공표하라,
도로 가져가는 게 네 의무였으니
그걸 절도품으로 봐선 안 된다고

III

문학은 만인의 분주함 한가운데서 간격도 없는 외로움.
이 말은, 자신을 털어놓을 가능성을 가진 외로움이라는 것.
— 르네 샤르

시인 측정계로
우리에게 있는 건 다만
꽃피는 나무.
— 이오안 밀레아

DIE STUNDE MIT DIR SELBST

Mit schwarzen flügeln flog davon die rote vogelbeere,
der blätter tage sind gezählt

Die menschheit mailt

Du suchst das wort, von dem du mehr nicht weißt,
als das es fehlt

나와 마주하는 시간

검은 날개 달고 날아갔다, 빨간 까치밥 열매들
잎들에게 남은 날들은 헤아려져 있다

인류는 이메일을 쓰고

나는 말을 찾고 있다, 더는 모르겠는 말,
없다는 것만 알 뿐

ALS DIE DINGE WÖRTER WURDEN

Auf den getreidefeldern meiner kindheit,
als weizen noch weizen war und roggen roggen,

auf den abgeernteten feldern
las ich mit der mutter ähren

und wörter

Die wörter hatten
kurze grannen und lange

사물들이 말이 되던 때

내 유년의 곡식 밭에서
밀은 여전히 밀이고, 호밀은 여전히 호밀이던 때,

추수를 끝낸 빈 밭에서
나는 주웠다 어머니와 함께 이삭을

그리고 낱말들을

낱말들은 까끄라기*가
짧기도 하고 길기도 했다

* Grannen. 벼, 보리 등의 낱알 겉껍질에 붙은 수염.

KLEINES HOHELIED AUF DEN MENSCHEN

erfindbar sind gedichte nicht
es gibt sie ohne uns
Jan Skácel

Bescheiden ist der dichter,
der so spricht

Doch ohne uns
gibt es die erde und das all,
nicht aber das gedicht

인간에게 부치는 작은 아가(雅歌)

시(詩)란 지어낼 수 없는 것,
시는 우리가 없어도 있다
— 얀 스카첼

겸손하구나,
그리 말하는 시인은

한데 우리가 없어도
지구가 있고 우주도 있지만
시(詩)는 없다

VERLANGT VOM DICHTER NICHT

Verlangt vom dichter nicht,
was einzig das gedicht kann leisten

Verlangt vom dichter
das gedicht

Ist's ohnegleichen,
kann er das wasser ihm nicht reichen

시인에게 요구하지 말라

시인에게 요구하지 말라
오직 시(詩)만이 해낼 수 있는 것을

시인에게는 요구하라
시를

시란 비할 데 없는 것,
시인은 시에 물조차 떠다 바치지 못하니

WER BIST DU, DICHTER

Wer bist du, dichter, daß du wähnst,
die welt sei geschaffen
als deiner stimme hallraum?

Zwei saiten hast du in der kehle,
weniger als eine geige

Hast du der welt
an welt hinzugetan?
Und was an welt?

Die antwort ist's, die einst das urteil
über deiner stimme nachhall fällt

너는 누구길래, 시인아

너는 누구길래, 시인아, 망상하는가
네 목소리에 공명해주려
세계가 지어졌다고?

네 목구멍 속 현(絃)은 두 줄,
바이올린보다 적은걸

세상에게
세상에다 네가 더하였는가?
한데 무얼 세상에다?

답은 그것, 언젠가 네 목소리의
여운(餘韻)에다 판결을 내려주는 것

ROBERT GRAY SCHREIBT DAS GEDICHT »DIE DÄMMERUNG«

Unter seiner feder
verwandelt sich die poesie
in ein känguruh, das in hohem gras steht,
verjüngt zu einer pflanze mit einer einzigen knospe,
und das die vorderpfoten hinhält
wie zum fesseln

Und der große professor, der weltweit bestimmt,
was poesie ist und was nicht,
bemerkt nicht
die wie zum fesseln hingehaltnen vorderpfoten,
denn es dämmert schon in Australien

로버트 그레이가 쓴다, 시 「어스름」을

그의 붓 아래서는
시(詩)가 변신한다
한 마리 캥거루로, 키 큰 풀 속에 서서,
젊어져, 꽃봉오리 딱 하나인 식물이 되어
두 앞발을 내밀고 있다,
묶어달라는 듯

그런데 그 위대한 교수, 무엇이 시이고 무엇이 시 아닌지
온 세계에다 규정해주는 이가
알아보지 못한다
묶어달라 내밀고 있는 앞발을
오스트레일리아가 벌써 어스름에 잠겨서였다

IV

어떤 이데올로기와도 어떤 권력과도
자신을 동일시하지 않을 준비가 된 사람들만을
손꼽아야 할 것.
― 한나 아렌트

세상 모든 화(禍)의 가장 깊은 뿌리는,
단 하나의 진리에 대한 믿음
그리고 그 소유자라는 믿음이다.
― 막스 보른

DAS WESEN MENSCH

Gekreuzigt, enthauptet, vor aller welt augen
lebendig verbrannt ...
Abendnachrichten, drirttes jahrtausend
nach Christi geburt

Mit wachsender entfernung
treiben immer schneller von der erde fort
trilliarden sonnen in milliarden galaxien

Sie fliehen uns als wüßten sie,
vor wem sie fliehen

인간이라는 존재

십자가에 달리고, 참수되고, 온 세상의 눈앞에서
산 채로 불태워지고…
— 저녁 뉴스, 3천년
　　기원후

점점 더 멀리
점점 더 빠르게 지구를 떠나간다
수천억 은하(銀河) 속 수천조 태양들이

그것들은 우리에게서 달아난다, 마치 알고 있다는 듯이,
누구로부터 달아나고 있는지를

NACHTS

Die menschen setzen die menschheit
aufs spiel

Doch du kommst von den menschen nicht los

Das nichts strahlt wärme nicht zurück,
noch licht

밤에

정적에서 버팀목을 찾아내기*
(졸시)

인간들이 인류를
판돈으로 걸었다

하지만 네가 인간들을 떨칠 수는 없다

무(無)가 온기를 반사하지는 못한다,
하지만 아직 빛은

* 이 시의 뒤에서는 쿤체 시인의 시 「의미 하나를 찾아낼 가능성」이
어른거린다. 전문은 다음과 같다. "믿음의 균열을 뚫고 비쳐 나오는 /
무(無) // 하지만 조약돌이 이미 / 온기를 가져간다, / 손 안에 고인".

PORTRÄTFOTO VON SICH SELBST
VON VOR SECHZIG JAHREN

Mitleid mit einer früheren Form
des eigenen Wesens
Hans Carossa

Nicht noch einmal

Nicht noch einmal
so verführbar

Nicht noch einmal
so gefährdet

Nicht noch einmal
eine mögliche gefahr

육십 년 전 내 자신의 증명사진

자기 자신의
이전의 형태에 대해 갖는 연민
— 한스 카로사

안 돼 또 그럴 순 없어

안 돼 또 그럴 순 없어
그렇게 미혹될 수는

안 돼 또 그럴 순 없어
그렇게 위험에 처해 있을 수는

안 돼 또 그럴 순 없어
하나의 잠재적 위험일 수는

EURETWEGEN

*Wenn wir die Welt nicht wieder
ins Unglück stürzen wollen, müssen wir
die Träume der Weltbeglückung aufgeben.*
Karl Popper

Ich habe angst
vor der angst, die man haben müßte,
kämen statt der anonymen briefe
die büttel ihrer schreiber, ausgestattet
mit den insignien der macht

Nicht meinetwegen habe ich angst
vor der angst, die man haben müßte,
auch wenn sie das grab
dem erdboden gleichmachen würden

Euretwegen habe ich angst, die ihr ihnen
zur macht verholfen
und angst haben werdet

너희 때문에

다시는 세상을 불행 속에 처넣지 않으려면
세상을 행복하게 하겠다는 꿈부터 버려야 한다.
— 카알 포퍼

나는 두렵다
두려움이, 익명의 편지들 대신
그 작성자의 형리(刑吏)가,
권력의 인장들을 구비하고 찾아오면
마땅히 갖게 될 두려움이

가져 마땅한 두려움이
나 때문에 두려운 게 아니다
설령 그것이 무덤을,
땅바닥과 똑같이 납작하게 만들더라도

너희 때문에 내가 두렵다. 너희가
형리들이 힘을 갖도록 도와주고
그래놓고는 두려워하게 될까 그게 두렵다

LEICHTE BEUTE

Sie halten sich am handy fest

Was ist und war
ist abrufbar
mit der fingerkuppe

Doch sie wissen schon nicht mehr,
was sie nicht mehr wissen

쉬운 먹잇감

사람들은 핸드폰에 단단히 매달려있다

존재하는 것 또 존재했던 것
죄다 불러낼 수 있다
손가락 끝으로

하지만 사람들은 벌써 모르게 되었다,
무얼 모르게 되었는지도

BAHNFAHRT

Entlang den windparkhorizonten,
vorüber an verglasten wiesen,
reisen wir, beruhigt beunruhigt,
im klimatisierten waggon

Mit hundert menschen, scheint's,
reisen neundundneunzig handys
und ein buch

In der tageszeitung, die der schaffner austrägt,
meldet die gebildete nation
vollzug

기차 여행

바람평원지평선을 따라
유리가 된 풀밭을 지나며
우리는 여행한다, 안심하고 불안해져서,
에어컨 완비된 열차 객실 안에서

사람 백 명과 함께, 그래 보인다,
달리고 있다, 핸드폰 구십구 개가
그리고 책 한 권이

승무원이 나눠주는 일간신문 가운데서
교양 있는 국민의 교양이
완수된다

GÖTTER ANTE PORTAS

*... Dorthin kam Jupiter in Menschengestalt; den Vater
begleitete Merkur, aber ohne Flügelsohlen. An tausend
Türen pochten sie und baten um Unterkunft und Nachtlager;
tausend Türen blieben verriegelt. Ein Haus nahm sie dennoch
auf ... Die Himmlischen sprachen: »Götter sind wir, und eure
gottlose Nachbarschaft wird die verdiente Strafe empfangen ...
Verlaßt nur euer Haus und begleitet uns hinauf auf die Berges-
höhe.« Einen Pfeilschuß weit waren sie vom Gipfel noch ent-
fernt, da wandten sie den Blick: Sie sehen, daß alles im Sumpf
versunken ist und nur ihr Haus noch steht.*
Ovid, Metamorphosen

Einlaß begehrte in menschengestalt
Jupiter,
    brünstiger stier
    und schängernder schwan,
    schändender Satyr
    und falscher Amphitryon,
    vergewaltiger auch
    Ios und Callistos

문 앞의 신들

> … 주피터가 인간의 모습을 하고 그곳에 왔다. 아들 머큐리가
> 동행했는데 신발창에 날개는 달지 않았다. 둘은 문(門)
> 천 개를 두드리며 묵을 곳과 잠잘 곳을 청했으나, 천 개의 문은
> 변함없이 잠겨 있었다. 그런데 한 집 문이 열렸다 … 신들이
> 말했다. "우리는 신이다, 하니 몹쓸 너희 이웃들은 마땅한 벌을
> 받으리라 … 너희는 어서 너희의 집을 떠나 산 높은 곳까지
> 우리와 동행하거라." 그들이 산 꼭대기로부터는 아직 화살 닿을
> 거리만큼 떨어져 있었을 때, 그때 그들은 돌아보았다.
> 보았다, 모든 것이 늪 속에 가라앉아버렸고 오로지 그들의
> 집만이 아직 서있는 것을.
> — 오비디우스, 『변신 이야기』

인간의 모습을 하고 들여보내달라 간청했다
주피터,

　　　그 발정한 수소이며

　　　배태시키는 백조,

　　　욕보이는 사티로스이며

　　　가짜 암피트리온,* 또

　　　수많은 이오들과 칼리스토들**의

　　　강간자

Und einlaß begehrte
Merkur,
    bewandert
    in allen künsten der täuschung,
    dieb der rinder Appolons
    und mörder des Argus, dessen hundert wächteraugen
    Juno er vermachte, die ihres pfaues schweif
    mit ihnen schmückte

Gründe, das herz
zu verriegeln

들여보내달라 간청했다, 또한
머큐리,

온갖 속임수에

두루 능란한,

아폴론의 암소들을 훔친 도둑이며

아르구스***를 죽여, 그 백 개의 부릅뜬 감시자 눈을

유노에게 선사하여, 여신이 키우던 공작의 부채 꼬리에

그 눈들을 박아 장식하게 했던 그 또한

죄다, 마음의

빗장을 걸어 잠글 이유일 뿐이었다

---

　* 수소에서 가짜 암피트리온(Amphitrion)까지 모두 여성을 탐하며
　　변신했던 제우스의 모습. 수소는 에우로페에게 나타났던 모습, 백조는
　　레다를 탐했던 모습, '가짜 암피트리온'은 남편 암피트리온의 부재중에
　　남편의 모습으로 변해서 알크메네에게 나타났던 모습.
　** 이오(Io)와 칼리스토(Callisto)는 제우스를 매혹시켰던 여인들.
*** Argus. 백 개의 눈을 가진 거인.

DASEINSFRIST

Die erlösung des planeten von der menschheit
ist der menschheit mitgegeben
in den genen:

der zauberlehrling, dessen geistern
kein meister mehr gewachsen ist

der fanatiker

die masse, die des massenmörders
füße küßt

현존 기한

행성들을 인류로부터 구원하는 힘도
함께 들어 있는데, 인류의
유전자 속에는

불러내놓은 영(靈)들을
이젠 그 어떤 스승 마법사조차 감당할 수 없는,
마법사의 제자*

광신자

무리들은, 집단 학살자의
발등에 입맞추고

* 괴테의 담시「마법사의 제자」를 소재로 한다. (디즈니 만화영화로도
  제작된) 이 담시에서는 수련 중인 제자 마법사가, 스승 출타 중에, 청소와
  물긷기가 하기 싫어서 작은 마법을 써서, 영들을 불러내어 시킨다. 그런데
  영들이 그침 없이 수효가 늘어나며 쓸어 대고, 물을 길어 대는데 제자
  마법사는 영들을 불러내는 주문만 겨우 알았을 뿐 물러가게 하는 주문을
  아직 몰라 천지가 물바다가 된다. 그때 마침 스승 마법사가 돌아왔고,
  주문 한 마디로 모든 것을 정상화시킨다. 시는 '스승 마법사'조차도 이제는
  역부족인 세상을 이야기하고 있다.

V

두렵다. 내 눈이 약해진다,
하니 내가 더는 읽지 못할지도 모른다
내 기억력이 상실되리라,
하니 더 이상 쓸 수 없을지도 모른다
내가 바람에 뒤흔들리는
외양간처럼 삐걱거렸다.
하느님, 당신께서 되갚아주소서
개 한 마리가 앞발을 내게 주었던 것을
책 읽지 않고, 시 쓰지 않는
개 한 마리
— 얀 트바르돕스키

친절함이 그래도 마지막까지 우리의 자양(滋養)이라는 것,
그 가운데서 우리가 아이로 머문다.
— 카알 야콥 부카르트

ALT

Das erdreich setzt dir seine schwarzen male ins gesicht,
damit du nicht vergißt,
daß du sein eigen bist.

늙어

땅이 네 얼굴에다 검버섯들을 찍어 주었다
잊지 말라고
네가 그의 것임을

IRREVERSIBEL

Das soeben noch gewußte
verläßt dich auf dem weg ins wort.
Die bühne ist nicht mehr dein ort,
stumm stehn am ausgang die verluste.

불가역적

방금 전만 해도 알았던 것
말이 되는 도중에 너를 떠나버린다
무대는 이제 네가 설 곳이 아니다
말을 잃고 출구에 서있다, 상실들

VERSTUMMEN

Die kleinen heimaten in fremden ländern
sind nicht mehr

Das vorratsfach für schwarzumrandete kuverts
ist leer

Die zunge wird vom schweigen schwer

말을 잃고

낯선 나라들에 있던 작은 고향들
이제는 없다

검정 테를 두른 봉투들*을 비축해두던 서랍이
다 비었다

혀가 침묵으로 무거워진다

* 검정테를 두른 봉투는 조문용 봉투.

ZERFALL

In meines tauben ohres innenwelt
Läutet in der ferne mir ein kirchlein,
das sich an keine uhrzeit hält

So weiß ich nie,
ist's spät, ist's früh?
Das kirchlein läutet, wann es ihm gefällt

Ich weiß, wer dort das seil in händen hält

와해

멀어버린 내 귓속, 그 안 세상
아득한 곳에서 작은 교회의 종을 쳐준다
시간을 지킬 줄 모르는 교회

그래서, 나도 도무지 모르겠다
늦었나, 이른가?
작은 교회 종, 제 맘대로 울리니

그래도 나는 알지, 종(鐘) 줄이 누구 손에 쥐였는지는

KASSIBER

Und warum gibt es immerfort noch so viel
schreckliches Schweigen,
das auf kein Warum eine Antwort gibt?
Jan Twardowski

Das schweigen ist die antwort,
die frage das verhängnis,
das denken das gefängnis

비밀통문*

침묵이 대답이다
질문은 숙명
생각은 감옥

---

* Kassiber. 감옥에서 죄수들 사이에서 또는 죄수와 감옥 밖을 은밀히
  오가는 비밀쪽지.

UNSER ALTER

Unser alter
ist das alter, dem es schwerfällt,
sich zu bücken, leichter doch,
sich zu verneigen

Unser alter
ist das alter, das das staunen mehrt

Unser alter
ist das alter, das, vom glauben nicht ergriffen,
das wort, das im anfang, ehrt

우리 나이

우리 나이
굽히기가 어려워지는 나이,
하지만 쉬워지지
숙이기는

우리 나이
놀라움이 커지는 나이

우리 나이
믿음에는 잡히지 않으며
태초에 있었던 말씀은 존중하는 나이

NUR SELTEN KAM ZU MIR DER TRAUM
ALS FREUND

Nur selten kam zu mir der traum
als freund

Er war der jäger, ich
das wild

Und am tage blickte ich
seinen treibern in die augen

드물게만 꿈은 내게로 왔다 친구로

드물게만 꿈은 내게로 왔다
친구로

꿈은 사냥꾼이었다, 나는
들짐승

그런데 낮이면 내가 들여다보았다
몰이꾼들의 눈을 똑바로

NACHTPROTOKOLL

Ich sah im traum, es war
mein leben

Ich sah es
von außen: ein langer
liegender baum

Die blanken wurzeln umkrallten
den herausgebrochenen erdgrund

Ich sah, es war
mein leben

Himmellos

밤 보고서

꿈속에서 보았다, 그건
나의 생(生)이었다

내가 그걸 보았다
바깥에서부터. 길다란
드러누운 나무 한 그루

드러난 뿌리들이 그러쥐고 있었다
바닥에서 딸려 나온 흙을

내가 보았다, 그건
나의 생(生)이었다

하늘은 없고

HAIKU FÜR UNS

blütenblatt im haar
kirschbaumweiß auf greisenweiß
frühling, unsichtbar

우리를 위한 하이쿠

머리엔 꽃잎
흰머리 위 흰 벗꽃
봄, 보이잖고

FERN KANN ER NICHT MEHR SEIN

Fern kann er nicht mehr sein,
der tod

Ich liege wach,
damit ich zwischen abendrot und morgenrot
mich an die finsternis gewöhne

Noch dämmert er,
der neue tag

Doch sag ich, ehe ich's
nicht mehr vermag:
Lebt wohl!

Verneigt vor alten bäumen euch,
und grüßt mir alles schöne

이젠 그가 멀리는 있지 않을 것

이젠 그가 멀리는 있지 않을 것,
죽음이

깨어 나는 누워 있다
저녁노을과 아침노을 사이에서
어둠에 익숙해지려고

아직은 동터온다
새날이

하지만 나는 말한다, 더는
말할 수 없어지기 전에
잘들 있어!

고목나무들 앞에서는 절하고
모든 아름다운 것에는 나 대신 인사해주길

옮긴이의 말

시간의 돌길 위에서

요즘 세상에 시인이 누가 있느냐고 묻기라도 하면, 얼른 할 대답은 "라이너 쿤체 시인이 있죠"이고, "어떤 시를 쓰는 시인인데?"라고 또 묻는다면 또 얼른 "「은(銀)엉겅퀴」 같은 시요" 할 것이다. 그러면서 은엉겅퀴는 엉겅퀴이지만 민들레처럼 키가 낮고, 메마른 땅에 자라며, 딱 한 송이 빛나는 은색 꽃을 피우는 귀한 보호종 식물이라는 설명을 먼저 하고, 쿤체 시인의 시 「은엉겅퀴」를 읽어줄 것이다. "뒤로 물러서 있기 / 땅에 몸을 대고 // 남에게 / 그림자 드리우지 않기 // 남들의 그림자 속에서 / 빛나기" (전문)

그리고 덧붙일 것이다. 라이너 쿤체 시인은, 키 작은 풀 하나도 그렇게 주의 깊게 따뜻하게 들여다보며, 세상의 모든 생명과 아름다움에 주의를 기울이지만, 그렇기에 그것에 반하는 인간의 불의와 폭력에는 저항하는, 섬세하고 따뜻하고 깊은 눈길을 가진 올곧은 사람이라고. 다름 아닌 시인이라고.

그를 추방한 동독에서 그가 썼던 저항시들은 참으로 낮은 목소리였음을 덧붙일 것이다. "들어오셔요, 벗어놓으셔요 당신의 / 슬픔을, 여기서는 / 침묵하셔도 좋습니다" (「한 잔 재스민 차에의 초대」 전문) 강성의 프로파간다 언어가 난무하는 곳에서 이 낮은 목소리의 시는 지식인들 집에 저항의 표지로 걸려 있었을 만큼 공명이 컸다.

"그런데 이런 시를 어떻게 쓰는 거지?"라고 묻는다면 또 얼른 다른 시 한 편을 가져온다. 시「자동차를 돌보는 이유」에는 인용이 앞세워져 ("또 차고에 있군요. (딸이 저버려둔 책상을 보며)") 있지만 본문은 네 줄이다. "머나먼 거리 / 때문이란다, 딸아 // 머나먼 거리 때문이지, / 한 단어에서 다음 단어까지의" (전문)

한 단어도 쉽게 쓰여지지 않은 것이다. 그저 공을 들이는 것이 아니라, 한 편의 시는 "네가 세상에 무엇을 더하였는가?"라는 엄혹한 질문에 버텨낼 수 있어야 한다고 시인은 말했다.

라이너 쿤체의 시는, 그렇듯 올곧은 생각을 담고, 말을 아끼고 아껴, 다듬고 다듬어 이루어진 시편들이다. 사회주의 독재국가 동독에서 살던 시절, 핍박을 받으며 한껏 목소리 낮추어 쓴 저항의 시편들이 그렇고, 서독에 와서도 무디어지지 않은 예리함으로, 그러나 섬세한 배려와 따뜻함에 감싸인 사회의식으로써 바라본 자본주의 사회가 그렇게 그려지고, 어딜 가서든 날카로움과 섬세함과 따뜻함으로 바라보는 세상 전체의 모습도 그러하다.『보리수의 밤』에 실려 있는 열두 편의 한국시들도 물론 그러하다.

라이너 쿤체 시인이, 그야말로 주옥같은 한국시 열두 편이 담긴 『보리수의 밤』(2006)을 내놓은 지 12년 만에, 85세를 맞아 내놓은 신간 『나와 마주하는 시간』이 독일에서 출간되자마자 곧바로 옮겼다. 독일에서는 출간된 지 몇 주 되지 않아 초판이 매진되고 3판이 나왔다.

『나와 마주하는 시간』에는 온전히 자신과 마주한 그 성찰의 시간에 시인의 마음에 남은 세상의 모습이 담겨 있다. (원제의 직역은, "네 자신과 함께하는 시간"인데, 조금 풀어 옮겼다.)

더위와 가뭄이 유난했던 지난여름, 시인은 타들어가는 풀들을 안타깝게 바라보고, 어디에서든 역사의 상처들을 본다. 우크라이나에서는 여전한 전화(戰禍)의 상처를 보고, 혹독한 삶의 조건에서도 시를 썼던 사람들을 기억한다. 손꼽는 온갖 근거가 "죄다 마음의 / 빗장을 걸어 잠글 이유일 뿐인" 닫힌 문 앞에 막막히 선 난민들을 바라본다. 무엇보다 남들과 보조를 맞추어내지 못하는 이들을, '뒤처진 새'를, 눈여겨본다.

> 철새 떼가, 남쪽에서
> > 날아오며
> 도나우강을 건널 때면, 나는 기다린다
> 뒤처진 새를
>
> 그게 어떤 건지, 내가 안다
> 남들과 발 맞출 수 없다는 것
>
> 어릴 적부터 내가 안다
>
> 뒤처진 새가 머리 위로 날아 떠나면
> 나는 그에게 내 힘을 보낸다
> > > —「뒤처진 새」 전문

이 시는 독일 피셔 출판사에서 나온 판본에는 들어 있지 않다. 한국어 번역본을 위해 시인이 추가해준 시이다. 시인은 그런 "뒤처진 새"를 눈여겨보는 사람이다. 그 자신이 가난한 광부의 아들로 태어나 병약한 어린 시절을 보냈고, 많은 핍박을 견뎠던 사람이다.

이제 시간의 돌길을 다 달려와 그 끝머리, 오직 자신과 마주하는 시간이다.

옮긴이의 말

검은 날개 달고 날아갔다, 빨간 까치밥 열매들
잎들에게 남은 날들은 헤아려져 있다

인류는 이메일을 쓰고

나는 말을 찾고 있다, 더는 모르겠는 말,
없다는 것만 알 뿐
　　　　　　　　　—「나와 마주하는 시간」 전문

자신과 마주하여 시가 무엇인지를 더 들여다본다. 걸어온 험한
길의 끝머리쯤인 이 시간은 또한, 올곧음을 잃지 않는
순명(順命)의 시간이다.

우리 나이
굽히기 어려워지는 나이,
하지만 쉬워지지
숙이기는

우리 나이
놀라움이 커지는 나이

우리 나이
믿음에 잡히지 않으며
태초에 있었던 말씀은 존중하는 나이
　　　　　　　　　—「우리 나이」 전문

특유의 간결한 시구에 삶의 깊이와 성찰의 무게가 더해져
한층 깊고 절절해진 시편들이다. 마지막 인사인 듯한 시편마저
있어, 가슴이 서늘하다. "이젠 그가 멀리는 있지 않을 것, /
죽음이 // 깨어 나는 누워 있다 / 저녁노을과 아침노을

사이에서 / 어둠에 익숙해지려고 // 아직은 동터온다 /
새날이 // 하지만 나는 말한다, 더는 / 말할 수 없어지기 전에 /
잘들 있어! // 고목나무들 앞에서는 절하고 / 모든 아름다운
것에는 나 대신 인사해주길.” (「이젠 그가 멀리는 있지 않을
것」 전문)

정좌하고 앉아 옮겼다. 참으로 아름답고 귀한 글들이지만,
어쩌면… 마지막 시집일지도 몰라 무거운 마음으로 옮기고
힘 모아 다듬었다.

　　전영애·박세인

지은이 라이너 쿤체(Reiner Kunze)

1933년 구동독 욀스니츠에서 광부의 아들로 태어났다. 라이프치히
대학교에서 철학과 언론학을 전공했으며 강의도 맡았다. 정치적 이유로
학문을 중단하고 자물쇠공 보조로 일하다가 1962년부터 시인으로
활동했다. 1976년 동독작가동맹에서 제명당하여 1977년 서독으로
넘어왔다. 서독으로 온 후 파사우 근처의 작은 마을 에를라우에 정착하여
시작(詩作)에 전념하고 있다.
주요 시집으로 『푸른 소인이 찍힌 편지』, 『민감한 길』, 『방의 음도
(音度)』, 『자신의 희망에 부쳐』, 『누구나의 단 하나뿐인 삶』이 있고,
산문집 『참 아름다운 날들』과 동독 정보부가 시인에 대해 작성한
자료 3500쪽을 정리한 『파일명 '서정시'』, 그리고 『사자 레오폴드』,
『잠이 잠자러 눕는 곳』, 『꿀벌은 바다 위에서 무얼 하나』 같은 동화,
동시집들이 있다.

옮긴이 전영애

서울대학교 독어독문학과를 졸업하고, 같은 대학에 재직하였다.
여주에 '여백서원'을 세워 지키고 있다. 독일 프라이부르크 고등연구원의
수석연구원을 역임했으며, 독일 바이마르 고전주의 재단 연구원이다.
저서로 『어두운 시대와 고통의 언어: 파울 첼란의 시』, 『독일의
현대문학: 분단과 통일의 성찰』, 『서·동 시집 연구』, 『시인의 집』 등이
있고, 번역서로 헤세의 『데미안』, 카프카의 『변신·시골의사』,
괴테의 『파우스트』, 『괴테 시 전집』, 『괴테 서·동 시집』 등이 있다.

옮긴이 박세인

서울대학교에서 정치학과 독문학을 전공하고, 동대학 비교문학과에서
석사학위를, 그리고 미국 노스웨스턴 대학교에서 비교문학 박사학위를
받았다. 현재 산타크루즈 캘리포니아 대학교(UC Santa Cruz) 문학과
방문 조교수로 재직하고 있다. 박사논문 『Genealogies of Lumpen: Waste,
Humans, Lives from Heine to Benjamin』을 출간했으며 여러 권의
번역 작업에 참여했다.

나와 마주하는 시간

초판 1쇄 발행   2019년 3월 30일
초판 5쇄 발행   2024년 2월 15일

지은이   라이너 쿤체
옮긴이   전영애 · 박세인

발행인   박지홍
발행처   봄날의책
등록   제311-2012-000076호 (2012년 12월 26일)
주소   서울 종로구 창덕궁4길 4-1, 401호
전화   070-4090-2193
전자우편   springdaysbook@gmail.com

기획 · 편집   박지홍
디자인   전용완
인쇄 · 제책   세걸음

ISBN 979-11-86372-63-0 03850

이 도서의 국립중앙도서관 출판시도서목록(CIP)은 서지정보유통지원
시스템 홈페이지(http://seoji.nl.go.kr)와 국가자료공동목록시스템
(http://www.nl.go.kr/kolisnet)에서 이용하실 수 있습니다(CIP제어번호:
CIP2019009517).